银发川柳

日本公益社团法人全国养老院协会 著
〔日〕古谷充子 绘 赵婧怡 译

存钱一辈子
真正用钱时
已在病床上

人民文学出版社
PEOPLE'S LITERATURE PUBLISHING HOUSE

著作权合同登记号 图字01-2021-2639

图书在版编目(CIP)数据

存钱一辈子 真正用钱时 已在病床上 / 日本公益社团法人全国养老院协会著 ; (日) 古谷充子绘 ; 赵婧怡译. -- 北京 : 人民文学出版社, 2022
(银发川柳)
ISBN 978-7-02-016096-9

Ⅰ. ①存… Ⅱ. ①日… ②古… ③赵… Ⅲ. ①诗集—日本—现代 Ⅳ. ①I313.25

中国版本图书馆CIP数据核字(2021)第250158号

责任编辑 朱卫净 王皎娇 何王慧
装帧设计 李苗苗

出版发行 人民文学出版社
社　　址 北京市朝内大街166号
邮政编码 100705

印　　制 山东新华印务有限公司
经　　销 全国新华书店等

字　　数 74千字
开　　本 787毫米×1092毫米 1/32
印　　张 4
版　　次 2022年3月北京第1版
印　　次 2022年3月第1次印刷

书　　号 978-7-02-016096-9
定　　价 36.00元

如有印装质量问题, 请与本社图书销售中心调换。电话:010-65233595

银发川柳 3

海外篇

Silver在日制英语中指代“老年人”。以加入世界卫生组织的国家为对象进行的《2010世界卫生统计报告》显示60岁以上人口占比数最高的国家是日本，比例为29%，随后则是德国、意大利、圣马利诺以及其他欧洲国家。美国为18%，中国为12%，世界平均值为11%，比例最低的国家是卡塔尔和阿拉伯联合酋长国，为2%。

I

以前最缺的
时间和自由
现在多到让我烦

藤原信·女性·岩手县·77岁·无业

天气太热开空调
结果遥控器一按
打开了电视机

佐佐木郁子·女性·宫城县·75岁·无业

我先睡了哦
那你好好睡
妻子连头都不抬

朝仓道子·女性·埼玉县·71岁·主妇

孙子很好奇
爷爷的膝盖
为什么会自己发出响声啊

饭田芳子・女性・埼玉县・59岁・无业

白内障手术
做完吓一跳
色斑和皱纹
多到我崩溃

村川清嗣・男性・大阪府・71岁・无业

食物过期了
不能给狗吃
还是我来吧

足立忠弘·男性·东京都·74岁·无业

通
八

所谓的认真起来
其实只是
没有装傻充愣而已

阿部浩・男性・神奈川县・53岁・公司职员

晚上睡觉前
灵感突然现
早上全不见

久保静雄・男性・埼玉县・73岁・无业

别再说上帝来接你了
不过是辆
护理接送车来了

安永富男・男性・福冈县・84岁・无业

曾孙的名字
不会念也不会写
甚至听也听不清

松本俊彦・男性・京都府・48岁・公司职员

症状描述得越详细
医生开的药越多

须藤贞子·女性·奈良县·85岁·无业

体检过后
妻子突然好温柔
让我有点怕

细野理·男性·岐阜县·63岁·个体户

骨头变脆了
朋友变少了
只有脾气没变化

上川康介・男性・广岛县・53岁・公务员

存钱一辈子
真正用钱时
已在病床上

汤泽力男·男性·福岛县·69岁·无业

女仆注咖啡厅
天堂里
还有咖啡厅吗

注：『女仆』和『天堂』的日语读音相近

竹村友子·女性·三重县·36岁·兼职工作者

孩子外地工作
老公天堂旅游
我的青春到来了

莲见博·男性·枥木县·61岁·无业

医生大人求求您
倒是给我看看病
别老盯着电脑瞧

佐藤光纪・男性・秋田县・74岁・农民

耳朵太背了
连电话诈骗犯
都受不了我

岩间康之·男性·兵库县·60岁·公务员

人生活得很洒脱
啥时拜拜无所谓
只要不是今天就行

千两·女性·神奈川县·84岁·无业

年纪大了无所求
只求被世界
温柔以待

宫泽淑子・女性・大分县・74岁・主妇

II

人生很矛盾
想锻炼腰和腿
又害怕走路

立川三郎·男性·东京都·68岁·无业

想想真可怕
要算年龄
得统计三个年号

石川升・男性・东京都・55岁・银行职员

孙子夸我扔球准
我竟有点小害羞

中林和子·女性·东京都·71岁·主妇

下辈子
也要在一起啊
我对狗狗说

延泽好子・女性・神奈川县・56岁・兼职工作者

赶紧打扫下墓地
毕竟就快
搬进去了

莲见博·男性·枥木县·56岁

遗言写好啦
这样就能安心
继续长寿下去了

富泽舜・男性・北海道・83岁・无业

今天打扮得很年轻
还是被人
让了座

佐藤祐子·女性·千叶县·61岁·主妇

在家待着惹人烦
出门又害怕摔着
真是让人不知所措啊

福井敦子·女性·北海道·77岁·主妇

老人记忆力大测试
补助金通知书

藤泽繁夫 · 男性 · 石川县 · 55岁 · 裱糊匠

每天早上一壶茶
和亡妻
一起喝

深谷正雄・男性・神奈川县・89岁・无业

医院的停车场
红叶标记[注]展示会

行村照子·女性·山口县·77岁·农民

注：日本政府要求70岁以上的老年人在车上贴的一种标记

今天情人节
偷偷看一眼
老伴许了什么愿

田中浅野·女性·京都府·84岁·无业

所谓『人』字
就是和老伴互相支撑
靠在一起的样子

松川泪红·男性·埼玉县·73岁·无业

哪怕过了九十岁
还是很在意
食品安全

小川喜洋·男性·东京都·66岁·打工者

对于老年人来说
这个世界
充满了陷阱

松尾·男性·东京都·63岁·金属加工师

到了天堂
我们还能做伴呢
老婆对我说

藤本明久·男性·石川县·64岁·自营广告事务所

ゆ

朋友发牢骚
老年温泉
好像足浴池

德江和雄·男性·东京都·80岁·无业

油价太贵了
我还是把驾照
退回去吧

高桥多美子 · 女性 · 北海道 · 47岁 · 主妇

和朋友聚餐
饭后快散场
吃药来收尾

牟礼丈夫 · 男性 · 京都府 · 79岁 · 无业

老婆一唠叨
我就会悄悄
取下助听器

今井贡二·男性·兵库县·59岁·公司职员

III

祖父的烦恼
白天打个盹
晚上睡不着

美和子·女性·千叶县·82岁·主妇

爷爷　爷爷
中元节礼物
你是不是都送给医生了啊

侧视夫人 · 女性 · 大阪府 · 54岁 · 个体户

那个放哪儿了
不就在那里
就是那个啊

滨元祐实·女性·千叶县·42岁·主妇

正在断舍离注的妻子
突然将视线
投向了我

注：网络用词，指把不需要的东西舍弃掉

石泽幸弘·男性·鹿儿岛县·49岁·公司职员

本想帮忙做家务
却差点酿成火灾
再也不准进厨房

内藤幸雄·男性·福冈县·73岁·无业

年纪大了爱黏人
老婆出门就心慌

冈部晋一·男性·神奈川县·72岁·无业

老妈好兴奋
因为看到了
帅哥男护工

伊藤美由纪·女性·爱知县·46岁·事务员

皱纹渐增多
掌上生命线
延伸到手腕

后藤惠子·女性·山口县·47岁·兼职工作者

现代医学到底行不行
为什么不能解决
大家的衰老问题

松本美代子 · 女性 · 东京都 · 67岁 · 主妇

前脚取笑别人
衣服前后穿反了
后脚发现
自己里外也反了

一步手前·女性·广岛县·47岁·主妇

奶奶把遥控器
当成电话
说起话来

中岛优子·女性·神奈川县·35岁·主妇

所谓约定
不过是『活下来』的
附加条款

佐野由美子·女性·三重县·38岁·专业技术者

年纪大了毛病多
皮肤干燥出裂痕
筋骨不正还缺水

海老原顺子·女性·茨城县·52岁·主妇

没有咖啡撑不住
天堂可有
咖啡馆

泡沫璃·女性·东京都·48岁

年纪大了爱紧张
医生让我歇三天
当成重病穷担心

残间幸治·男性·东京都·45岁·公司职员

这个多少钱
我在百元店注
向店员询价

蜜柑星·女性·静冈县·37岁·公司职员

注：日本的百元店里所有商品一律一百日元，约合人民币六元左右

推理小说看两遍
因为忘了
犯人是谁

北村幸子·女性·滋贺县·50岁·主妇

喜欢年纪比我大的女性
但现在这种女性
已经不存在了

山田裕树·男性·福冈县·26岁·IT工程师

最近啊
吃饭总会撒出来
牢骚也会发出来

二瓶博美·男性·福岛县·52岁·无业

耳朵眼睛变差了
直觉倒是挺敏锐

林本和俊・男性・静冈县・78岁・无业

老婆催我
趁着头顶还没秃
赶紧去把遗照拍了

楠畑正史・男性・大阪府・64岁・委托业务员

护理计划听不懂
能不能麻烦
用日语给我讲啊

三田进平·男性·茨城县·82岁·无业

即使年过古稀
老公还是
肉食系

挂园明江·女性·宫崎县·62岁·无业

老婆兴趣很奇特
对着电话诈骗犯
说教起来不留情

春康·大阪府·52岁·公司职员

IV

年轻人流行AKB
我们流行AED注

井上辰登志·男性·德岛县·60岁·无业

注：AKB是日本大型女子偶像组合AKB48的简称，AED是自动体外除颤器的英文缩写

老爸太强了
写个遗书都能
错别字一堆

松田胜·男性·千叶县·71岁·刻版制作

看到濒危物种
有点害怕
自己是不是也算啊

三谷欣也・男性・神奈川县・81岁・无业

我的老毛病
甚至可以
猜中明天的天气

京玉·女性·熊本县·45岁·主妇

无论如何
都无法理解
『长寿』这两个字的含义

坂本真理子·女性·埼玉县·62岁·主妇

明明年纪不小了
听到一声『小姐姐』
还会习惯性回头

白仓真丽子·女性·埼玉县·演讲家

跟人吵架
都能辩论到
昭和初期的事

瀬户比利嘉·女性·神奈川县·46岁·海报绘师

家里地位大排名
老婆 狗狗 金鱼
最后才是我

吉增健二・男性・福冈县・48岁・公司职员

自从开始独居后
就开始狂买
会说话的智能家电

山下奈美・女性・静冈县・38岁・主妇

老伴实在太叨唠
一打开话匣子
就别想插话了

加藤正江・女性・宫城县・56岁・主妇

去医院太多次
已经能记住
护士的排班表了

须田·男性·埼玉县·53岁·公司职员

说好一起白头到老
老公啊你怎么
先把头发掉光了

小林和幸·男性·奈良县·72岁·无业

遇到上门的推销员
夫妻二人
一起装傻

我乐多·男性·大阪府·70岁·无业

康复训练
锻炼腰和腿
结果搞得膝盖疼

市丸真由美·女性·福冈县·43岁·主妇

做完大扫除
给儿发微信
号称自己病很重

小松武治·男性·东京都·74岁·无业

牛仔裤破个洞
缝缝补补还能穿
结果被老伴一顿说

铃木弘人·男性·神奈川县·74岁·无业

小时候
躲在我背上哭的孙子
现在竟然
背着我去看戏

金川达生·男性·东京都·71岁·公司董事

打开冰箱好惊讶
里面竟然有个
遥控器

佐藤富美子・女性・茨城县

我在家庭会议上
因为扣分太多
被吊销驾照了

优良司机 · 女性 · 广岛县 · 43岁 · 公司职员

那些不来医院的人
是不是
有毛病啊

松泽季吽 · 男性 · 京都府 · 45岁 · 公司职员

受付
会计

擅长杂学的祖父
爱上了看电视

高野健藏·男性·新潟县·61岁·农民

虽然被叫银发族
但我还是
更喜欢『金』字

想要金色人生的人·女性·爱知县·28岁·公司职员

偷吃了孙子的点心
还谎称是
猫猫干的

银河·女性·福冈县·48岁·无业

妻子手里握

以前我的手

现在是存折

小出顺子·女性·爱知县·53岁·公司职员

今年一百岁了
我又买了一本
『十年日记』

角贝久雄·男性·埼玉县·72岁·无业

生活好健康
吃完饭　洗完澡
一看时间才六点

川北佐代子·女性·千叶县

后记

“银发川柳”是日本公益社团法人全国养老院协会从2001年开始、每年举办的川柳作品征集活动。通过轻松愉快地进行川柳创作，对老年人予以肯定，让他们从中得到乐趣。至今为止，已经收到了超过12万首川柳的投稿。也因为白杨社将这些作品结集成册并出版发行，“银发川柳”获得了更大的反响。

我们收到了不少读者的反馈，例如“太真实了”“久违地笑哭了”。与这样的快乐产生共鸣，激励每天的生活，而这种积极的心态，也会加深与家人和朋友的感情。我们还收到了很多读者的鼓励邮件，实在是非常高兴。

本书收录了包括第十三届征集活动入围作品在内共91首作品。其中既有日常之事、与家人间的小插曲，还有恋爱观与养老金、经济状况有关的见解，这些大大小小的趣事以川柳的形式展现出来，总能让我们不经意间拍手叫好。如其中有30岁的作者描写奶奶的趣事（“奶奶把遥控器 / 当成电话 / 说起话来”），也有70岁女性与孙子的趣事（“孙子夸我扔球准 / 我竟有点小害羞”）。在阅读这些作品时，甚至感觉自己也是这些家庭中的成员一般，不由自主地想要露出微笑。

在迈入超高龄社会的日本，有着这样一本反映老年人幽默情绪的“银发川柳”，让我们在面对严酷现实的同时，不会忘记快乐的时光。通过川柳，我们希望告诉大家，每个人都不孤独。如果这本书能够博大家一笑，那实在是我们的无上之喜。

最后，向所有为本书提供作品的作者，表达最诚挚的感谢。

日本公益社团法人全国养老院协会
白杨社编辑部